群青くんと自転車に乗った白い花

鈴木ユリイカ

Suzuki Yuriika Selection 3

群青くんと自転車に乗った白い花＊もくじ

装画　蜂谷一人

群青くんと自転車に乗った白い花

雨

雨が降っている
雨は地上に降りひそやかな路をくぐり
地下に降りていく
階段は昇っていく　急に折れ曲がり
赤い手すりを這いビルの上へ上へ密雲へ這い昇っていく
雨は降っている　雨樋を降り　窓ガラスを　たたき
大粒の水滴を流し降りていく

秋の名残りの一輪の黄色い薔薇が雨に打たれ
かすかなため息をつき昇っていく

若い男はコンピューターをいじっている
かれの白い指は少ししめっている
別の部屋では赤ン坊が眠り　そっと
老人がその顔をのぞいている
別の部屋では寝たきりの男が
新聞を読んでいる
かれの指にはばんそうこうがはられている

雨が降っている
一そうの舟がチェロの音のようにすべっていく

舟のうえでは少女がチェロを弾いている
霧雨の中を河がすべっていく
霧雨の細かい粒子が木に降ってきらめく
階段を昇っていったさまざまな優美な足たち
色づいて濡れて落ちるさまざまな木の葉
誰のものでもない愛
幾度も幻滅を味わった愛が地下水となって流れていく
地下水はふくれあがり灰色の河となって増水し
舟のうえの少女は灰色の水をすべっていく
老女は失われた愛のために
数え切れない薄衣を屋根裏部屋で集める
震える指
突如　霧雨の一粒がわたしの頬に落ちる

若い男はコンピューターをいじっている
赤ン坊は目を覚ました
女は水道管をゴトゴトいわせながら何かぶつぶつ言っている

雨が止んだ
霧の中に太陽が現われた
薔薇がかおる

GREAT CITY　消える場所

それはわたしの住んでいる街らしかった。そこは線路の近くにある通りから見えると言った。その通りがどこだかわからない。その通りを歩いていくと、銀行や商店街を歩いていくと、線路に沿って小さな川が見え、その川に沿って幾本かの木が生えているが、一本だけ鳥が何十羽と集まってかしましく鳴きたてる木がある。夕方暗くなると鳥たちはぴたりと鳴くのを止め、みんな、あっというまに眠りにつくのだと言った。

ところが鳥のいる木が失くなり、他の木も失くなり、木の近くの家々も消え、橋を渡る人々もぽつりぽつりと消え、そこを走る車も消えていったと言う。誰がそんなことを言ったのか知らない。どこかに人が消える場所があるらしい。それとも、街は人を食べてしまったのか？　年間三万人以上も大人と子どもがいなくなるこの国では？

むこうこちら

雨にぬかるんだ泥のうえ
首を切られた椿の赤い花
汚れて降りかかる桜の花びら
四月の寒い雨のなか
自転車に乗って傘をさしながら
路地から表通りへ通り抜けると
濡れた自動車が幾台もかすめ通る

なんという雲　なんという寒さ
人は雲にさえ掠われそうになる

インターネットで服を買い
銀行に振り込むと壁のなかでお金が流れる音がする

街は発展していて　裕福な形をしているのに
今日は子どもが一人もいない

ゲームセンターと吉野家の隙間のロックされた壁がひらき
深淵が　渦巻き　徘徊する
壁と壁との間に

子どもが四人ばかりかき消えた

楡の木はむこうこちらに濡れた薄い葉脈をひろげる

こうして子どもたちは消えたのに
カレンダーから数字が消えたため
今日という日が消えたことすら分からなくなった

光源氏たち

いつの時代のことなのか、アジアのカタツムリが角を伸ばしたような島々の巨大都市の片隅に、スクランブル交差点を渡る通行人に交じって、ビルの液晶ＴＶから出現したような不思議にちらちらする、軽やかな少年たちが居りました。彼らのことを少年Ａとか、少年Ｈとか、タカシとかジュンとかイチローとか呼ぶわけにはいきません。ヒカルとかカオルとか呼ぶわけにはいきません。何故なら、彼らは一人ひとりであるのに、非常に多くの複数であり、複数でありながら非常に一人ひとりであるからです。大抵の大人たちは通りから通りへ彼らの後をついて行くと、自らの体がとてつもなく重くノッシノッシと歩く灰色の犀か象になった気分になり、コールタールがべったりついて真黒になった心をもっているか、ひどくくたびれて使い物にならない錆びたロボットになった気分になるのです。

　少年たちの服装は驚くほど柔らかくだぶだぶのズボンをはいて街中を走りまわり、蜘蛛の子を散らすように逃げ去り、竹藪に隠れる雀たちがチュンチュクチュンと騒いでいるようです。

「キモイ」とか「マジカヨ」とか「ヤバ」とか、ひどく明るく発作的に言い放っているだけで、さっぱり要をえないのです。

　はじめのうち、肩や肘にぶつかったり、スケートボードに乗って急に私の前で倒れたり、チューインガムをべた信号やデパートのショーウインドーに貼りつけたり、携帯電話で話しながら歩いていたり、そうかと思うと舗道にべったり坐り込んだりするこの子どもたちにうんざりさせられました。けれども、この少年たちは日に日に数を増していき、特に夏休みなどには小さな通りに身動き出来ないほど集まってくるようになりました。

　けれども、ひどく不可解に思えるのは、あの少年たちはすぐそばに、私の隣にいるのに何か実体がないのです。つまり、つかまえることができないのです。ある時は彼らのひとりは夏の雲のなかで輝いていて、トランペットを吹いているように見え、ある時はアフリカのどこかにいるインパラやキリンの子どもの明るい動物の姿をしているのです。彼らのシャツには草が揺れリュックは海の音がし、秋になると木の葉が落ちてくるように見えます。それなのに音楽のように全く実在感がないということはどういうことでしょう？　あまりに軽やかで実在感がなく、一本の透明なオレンジ色の歯ブラシか、ある日、私をどこか知らない街に連れて行くコトコトと音をたててはしり出す路面電車のようにも思えます。

次第次第に、私はあの少年たちに魅せられていきました。彼らの後について夜の黒い雨の滴に打たれて歩き、缶コーヒーを飲み、舗道の縁に坐り、財布からコインを出して映画館に入り、主人公の青い目の俳優と頭身大の少年たちとタイタニックが氷山にぶつかり世紀の谷間に沈む地獄を味わったりしました。

なんということでしょう！　私は彼らが好きになりました。まだほんの子どもである、およそ男性的特質のない、性なぞ存在しないかのような少年たちを。

　ある夜、ゲームセンターの回転椅子に坐り、シミュレーションのスーパーカーやオートバイに乗って、砂漠や都市を地球を運転している少年とその横でアジアの蜘蛛男や緑色の血を流しているフランケンシュタインや香港の女剣士と格闘している少年がぶつぶつつぶやくのを聞きました。

――関係ないよな。家にオヤジの説教だのオフクロたちの魔女的情報ネットワークなんか俺に関係ないよな。誰が何と言おうと学校は正真正銘の地獄だってこと。時々ガス抜きに来ないと脳ガヤラレチャウカモナ――

　それから声が小さくなって聞こえなくなりました。その隣の子は細い白い指でボタンを注意深く操作し宝石のビルを建てていました。ダイヤモンドの柱、サファイアの窓、オパールの浴室、カメオの玄関、ルビーの居間、エメラルドの寝室。そのビルは高く高く黒い空に聳え立っていて誰も人は住んでいません。その子たちを見ていると私は涙が流れました。その子たちが何故私を惹きつけているのか突然わかったのです。その子たちは痛いのです。ひとりぼっちでどんどん深い穴に墜ちていき二度と地上に浮上して来られなくなるのではないかと思えました。

その清潔な子どもたちは海底のウニやクラゲやイセエビの幼虫のように見え、透明な体を恐ろしい勢いで動かし脱皮を繰り返しているようにも思えました。

彼らを見ている、私は私自身の子どもの頃の傷を思い出しました。遠い昔、大陸の殺し合いの現場から生還して帰ってきた父とその父からいつもおびえて逃げていた母のことを。

しかし、現在の子どもたちは私たちとは違った傷を受けているようでした。少年たちの新しい傷のことを考えると、その街にあふれる少年の数が多ければ多いほど、彼らが清潔で美しければ美しいほど、私は体じゅうに痛みを覚えました。

それはいまだかつて言葉にできないもの、イメージすることも思考することもできないもの、この国の人間だけが体験したもの、脳の内部にケロイドのようにこびりついて離れないもの、瞬間的で人類がまだ認識できないでいるもの、言語を絶するもの、あのアトミック・ボムの爆発的で無限ともいえる傷の後遺症なのではないかと思われたのです。

その爆弾が数万度の熱を持っていたこと、その爆弾が完全に地上に落下する〇・四秒前に地上の民家に居たすべての人間は放射能に浸透されてすでに死滅していたこと、その爆弾は恐ろしい勢いで膨張し火球になったこと、その火球が炸裂するとき半径一キロ以内に居た全ての人間は熱風と衝撃波に吹き飛ばされ空中に舞いあがったりたたきつけられたこと、鉄筋のビルの内部の人々も熱風の渦巻にたたきつけられたこと、体内で細胞自殺（アポトーシス）が起こり数日で紫色の斑点ができて死亡したこと、その他私の憶えきれない惨事が今年のテレビで新しく報道されました。

それだけのことがあったのに、私は子どもを風呂に入れ爪を切り、制服を着せて学校へやり偏差値などという数字で格差をつけたのです。私はフェミニズム運動に賛同し、女の自立などを口のなかでとなえ、自分の息子の悩みや痛みなどは何も考えなかったのです。いや、考えなかったわけではなく、いちばんいけなかったことは感じなかったのです。いや、感じなかったわけではなく、わからなかったのです。

財布にコインや紙幣が失くなると、子どもたちは夜明け前の黒々と続く冷厳な空の下を歩き、疲れ、腹をすかしてぞろぞろと駅へ向かい、カップヌードルにも温かいミルク一杯にもありつけなかった現代の光源氏たちは凍てついた天体の沈黙から降ってきたぼろ切れのように始発電車を待っていました。これから学校へ行く子どもたちもいるのでしょう。郊外へ向かう長いステンレスの電車の中のこのもの静かな誇り高い子どもたちの体が夜明けの光線と一緒になる時があるのでしょうか？　草むらや砂利道の縁に夏なら黄色いオシロイバナや白い繻子のドレスのクチナシや冬なら寒椿を見つけることがあるでしょうか？　本当に彼らは音楽のように消えてしまうのです。日常の地獄へ。

九月の天使

浮世草子を見ると　この川は両岸を崖に挟まれて
そのとき　夏に白い帆かけ舟が滑っていた
そのとき　太陽は舟に乗って武士や町人とともに滑り
水は清らかだったのか　いまは
両岸を地下鉄や電車がコトコト走っている
川には円い橋がかかっている
水はねっとりと緑色で魔女のマントのようだ

欅にジージー蟬が鳴いていたのは　ほんの少し前
いまは冷んやりして　大学病院の厚いガラス窓にも
白い霧がかかる　ここで
わたしが会う医師は信じられないほどやさしい指で
わたしの口の中に白いビルディングを建てようと
綿密な工事を進めている
かれは鳥のようにかろやかに動く
新しい天使よ　いまわたしはあなたを恋人にして
青い中空を錐もみしながら　愛し合うこともできる
「でも　いまはまず歯を治さなければ」
左目で歯の奥を右目で未来都市を見ながら天使は微笑む

日日

彼女たちは青空のかけらや舗石のかけらを持っている
じゃらじゃら鳴る鍵も口紅も娘の写真も錠剤も持っている
けれども午後になると窓下のすばやい車の影をながめ
乾いた唇を指でこすってみる　一度でいいから

モザイク状の自分の時間を繋ぎ合わせてみたい――
父も母もとっくに死んでしまったのに田舎の家の物置の

スコップをなぜ思い出したのだろう　それから血液の中で
青い海と白い雪山がざわめき透けた父と母のようだと思う

夜はみじめで殻を脱いだヤドカリみたいに眠る
けれども朝まだ暗いうちに彼女たちからもう一人の彼女が
はじけ出て靴音たてて工場に病院にパン屋に向かう

新鮮な彼女たちに太陽はなかなか追いつけない
カーブする電車の窓からようやく太陽はウィンクする
彼女たちはヒヤシンスの細い根のような声で歌ってみる

ＡＵＢＥという名のバス停で

ＡＵＢＥ（夜明け）という名のバス停は、狭い二又道路の一端にある。ＡＵＢＥという名のバス停でバスを降りても一向に夜がほのかに明けたりはしない。どうしてここがＡＵＢＥという名のバス停なのかわからない。

静脈瘤で足がふくらんだ老女が気をつけながらバスを降り、レインコートの年老いた男もバスを降りた。しぶしぶ雨が降っている。

狭い通りを横に蟹のように歩いていって、私は銀行に入った。太陽光線に長い間触れたことのない深海の白い蟹のような男やお札を自分が所有しているわけではないので汚らわしそうに扱う女がいる銀行で私は最後の円を両替した。

オペラ座の白い柱のあたりから悩みに悩んでいるような男が歩いてきて、急にこちらを向いて怒りの眉毛をぴくりとあげた。パリも年老いてきたと思った瞬間、どこからか甘い声がたち昇ってきた。歌声は森からたち昇るほのかな香りを引き連れて広い白っぽい空を一回りした。

ああ、と私は声をあげた。赤いエナメルハット、赤いレインコート、赤いブーツの輝くばかりの三人の女たちが乳母車を三台並べて勝利者のように優雅に歩いてきた。

赤ん坊は四人、ということは双児の乗った乳母車が一台、赤ん坊たちの髪の色、目の色、肌の色は金、茶、黒、緑、青、灰色、ぱっちり目を開けて真っ直ぐこちらを見ている。母親たちはきらきらする赤いカウボーイハットの下で微笑み、きらりと警戒し、なんとも堂々と美しく、挑発的に偉大な夜明けを引き連れて。

歩く花

その花は歩いている。小山のようにゆさゆさと、裂けた新聞紙やズタ袋や何枚も重ね着したセーターや腰に巻きつけた赤や青のひもと一緒に歩いている。駅の側の自転車置場を通り過ぎ、広場からのびる広大で複雑に交叉した歩道橋の上をゆさゆさと桜の黒い枝のように四方八方に視線を向け、曇り空を支える高層ビルを眺めながら歩いている。

通行人たちはこの異様な人間の女の花を見、すぐ目をそらし、列を崩してなるべく近寄らないように道をあけるが、その花は平気である。

その花は裂けた皮膚やよじれた髪の毛から空の匂いをかぎわけ、路上に何かいいものがないかと下を向いたりしながら歩いている。

かすかな悪臭を放ち、その花はぶつぶつとつぶやく。

――歩け、歩け、花！　おどこもいっぱい居たし、子どももいっぱい産んだけど、いつだか知らねえけどオラ家捨てたっぺ。そいからよ。青空とお天道さまがオラのともだちよ。犬はきれえだな。オラ見ると吠えあがる。こどしの冬はきつかったな。雪で仲間が何人も死んだっぺ。電車の中で死んだ仲間も居るっぺ。

その花は歩く。すると果てしない歳月の崖が街が道路がぼおっと白く天まで昇っていく。春が緑の唇を動かしタンポポを手の平にのせてやって来る。ガード下に仲間がやって来て石油缶に焚火が揺れる。ゆらゆら揺れる炎の中で歯のないその花は笑う。

――山が青くなったっぺ。五月はオラの季節よ。山といっぺ飲みに行くべえか。

娘の娘の娘たちⅠ

Kに

あなたの繊細な娘たちが苦もなく国境を越え
列島の曲がりくねった路地路地を
ふうわり　ふうわりと　たんぽぽの種子がとぶように
かぜにふかれてやってきた時はほんとうにびっくりした

あなたの娘たちの一人は写真を撮りまくっていて
岡山のおばあちゃんの家では　四角い畳のあるへやの窓から

たんぼと黒い瓦屋根の家をながめ　稲のあらかぶにしらさぎが
まいおりるのをおどろいてみていた
奈良では夢殿もみず　法隆寺の五六億七〇〇〇万年後に
やってくる未来仏、静かな弥勒菩薩もみず
回転寿しをほおばるおちょぼぐちの
おばちゃんたちに微笑みかけていた
京都では金閣寺の金いろなどみもせず桜の花びらがちる
まっしろな池をおよぐ鯉たちがすきだった
大阪では寄席の楽屋部屋の雑多なものに魅せられ
旅館の仲居さんの着物もようと白たびにほれぼれとし
東京では立派なマンションのすきまにおちている
さびた自転車や乾いたゴミをじっとながめていた

あなたのふたごの娘たちは静かでほっそりとしていて
からだじゅうから光を発しているようにみえたが
日本語ができなかった

なんということ！　あなたの娘たちは外国人だった
それなのにわたしたちの娘のように思えた
雁もどきを　いなり寿しと間違え
里芋をバター芋と言い　おいしいと言った

冬のあいだじゅう　苦しくひびわれ　雪や寒風にたたかれ続けた
木の枝からもいだ蜜柑がさっと開いたように
急にわたしの目の前が明るくなった
こんなふうに未来がやってくるとは思ってもみなかった

考えてもごらんよ　かつて
あなたもわたしも誰かの娘の娘の娘たちだった　そして
あなたもあの娘《こ》たちのとし頃には高円寺の四畳半を脱出し
長い髪のほかなにももたず　海を渡り
幾つもの国々を若い力で歩いて行った

わたしはといえばあの頃　心の闇にちいさな灯をともすために
詩を書きはじめたけれど
いまでは詩の光がてらすことができるものと
てらすことのできないものについて悩んではいるけれど

娘の娘の娘たちⅡ

パリのKに

あなたの娘たちはほとんど風のように去ってゆき
わたしには甘い香りが残り菜の花畑は海まで続く

それなのにあなたは真夜中電話してきて
あなたの声とわたしの声の間にほんの〇・五秒の隙間ができ
あなたは痛みについて語った　信じられない
どうしたら良いのか分からない

痛みが消え去るまで　あなたがうとうとするまで
地球を半回りする電話の声を聴いてあげようか
あなたの小説はデヴューしたばかりだと言う
注文原稿を書きあげる力がでないと言う
なぜ何もかも一緒くたにやって来るのか?
わたしにはまだ分からない　これは始まり
ほんの始まりであり　ややこしい人生の
根っこがからまりあった物語の始まりなのだ
痛みが消え去るまで　お粥でも炊いてあげたい
今すぐわたしはパリへ出発したかった
それなのにわたしは満開の桜の花の下を
ふらふらと歩きまわり寝不足でぼおっとして
胃カメラを撮りに病院に向かっていた

するとたちまち　信号が変わり
わたしの胃の内側に金属のくだが差し込まれ
活火山のように赤い十二指腸潰瘍がモニターに
大写しになった　一瞬　わたしは
自分が透明人間になったような気がした
ちょうどその夜　夫は歯を十二本治療し入れ歯が
痛い痛いと言いながら帰ってきた
信じられないことばかり――
一つの波がやって来たのだと
ジョン・アッシュベリーが言った*
その波はわたしたちの夢の中まで水浸しにしてしまったと
人生はやはり驚くべきものだときょう分かった

きのうは満開だった桜の花びらのうえに
きょうは雪が降っている
とてもやっかいなことだけれど
あなたも病院に月に何度か通わなければならない
かも　それからよく眠らなければ
そして生活というものをほんの少し変える
本やらＣＤやら子どもたちが残していったものが
ばらばらと崩れてこないように
部屋の中に書きものの空間を少しずつ創る
それから　柔らかな灯りをぽっとつける　それだけ
あなたはもうすることがないと言う
あんまり多くを生きたのだから少し休んでもいいし
しばらくは何もしなくてもいいと思う

近いうちにきっと会いに行くから　待っていて欲しい

でも東京はきのうは桜の満開　きょうは雪
びしょびしょ濡れて見渡す限り真白
このように壊れてゆきながら　わたしたちひとりひとりの
神秘の時間が花ひらくときに
願わくは
あなたの仕事の花がひらきますように
○・五秒遅れてわたしはあなたに少しばかり何か言います

＊ジョン・アッシュベリーの詩「波ひとつ」より
（佐藤紘彰 訳『波ひとつ』）

変なことが起こっている

変なことが起こっていると私は言った　変なことって何か言ってごらんと友達は言った　声はつめたい夜の底を這い　雪の積もった明るい寒い公衆電話ボックスを行ったり来たりしてとぎれた　彼が蟹みたいに赤い足をして横に歩いているの、つまり、ひとりで立っていられないのよと私は言った　あ、それはおかしい、すぐ救急車を呼んでと友達は言った　声は東京とパリを行ったり来たりして　中間でとぎれた

救急車のひとがもごもご言っている　係のひとがでない　係のひとがでるまで十分待つ　何だか死にたくなる　夫を起こし　着がえるように言う　夫は無理をして着がえている　救急車のひとがふたり来て階段のう

えとしたで夫の体を支えながら降りていく

救急車は夜の底を走っていく　夜の九時なのに誰もいない　何年に生まれたのですか？　住所は何番地？　熱がひどい？　大丈夫　静かにして　十分しかたっていないのに何十年もたったように思える　病院は明るくて誰もいない　夫は靴をぬいで黒い寝台に登ろうとするがなかなか登れない　彼の靴を持って若い看護師が歩いている

インフルエンザかも知れない　と医師が言う　X線写真をパソコンに写そうとイライラする　インフルエンザではなかった　普通の風邪でも九度二分もあるのはおかしいと言う　夫は点滴して体を横たえている　部屋のなかはこんなに暑いのに夫は寒くてガタガタ震えている

遠い　遥かなところから
誰かがやって来るのでも　なく

何かが呼ぶのでも　なく
ほんとのことが　ほんとにやって来るから
私は川のふちに横たわり
川がきんいろの泥と一緒にながれていくのをみる
川はながれていく　川ではなく音楽が
音楽ではなく　人の一生が
どうして　私はこんなところにいて
ひとりぼっちで泣いているのか？
ほんとのことが　ほんとにやって来るから
世界はやはりあるのだろう

あなたはベッドに横たわり聴いていた　モーツァルトのクラリネット協奏曲を　そのやさしさを　熱にガタガタ震えながら　神秘のモーツァルトはドナウ川とともに十の国を流れていった　木々の成長する音がする　街々が成長する何千年という音がする　川のなかで光がはねる　や

がて夜明けはやって来る
私たちは家に帰れるだろうか？

分からない言葉

氷の部屋の氷の向こうに
窓や山や本箱やタンスやベッドやキッチンが
みえた
氷の部屋のなかにわたしたち家族がいた
部屋のなかでいつも熱かった夫の手が
冷たくなり始めた
わたしと夫はバスに乗って駅に行った

息子は自転車に乗って駅に行った
三人は一時間も電車に乗って病院に行った

それから　家族は夫の手術をどのように
するかという説明を聞いた
その次の時に夫の手術が終わるのを
三時間も待っていて気持ちが悪くなった
若い医者は大人の親指ぐらいの肉片を
息子とわたしに見せた
それから　わたしはなにか目に見えない
ものに触られているような気がした
目に見えないのに　そこに在るもの
わたしは眠れなくなった

わたしはものを食べられなくなった
わたしは何かが見えたり
見えなくなったりしていた
水が流れているのを見ると
ゆらゆらするものが怖くなった
けれども家族は誰も
そのことを言わなかった
家族三人とも息が苦しかった
に違いない

死は分からない言葉である
いや、死は分からない言葉ではなく
分かっていた言葉だろうか?

いや、死は分からない言葉である

序曲、ある犬の宇宙

そのとき　私の体のなかでビッグバンが起こり
足の目の鼻の耳の尻尾の背中の
首の痛みが飛び散った
水の流れが激しくて　木が洗面器が洗濯機が
屋根が冷蔵庫が　電柱が自動車が船が人間が犬が
牛が流れていった
いったいどうやって

水の中から浮きあがったかわからない

体じゅうが痛かったが
まだ体はひとつだった
広大な範囲の　黒い波がもちあがり
川へ道路へ押し寄せ　家がもちあがり
バリバリ音をたてて壊れ
街を道路を　建っていたものを
ガラスを石油を畑を川を線路を
ガソリンスタンドを　全部さらっていった
悲鳴をあげたり　泣き叫んだり
走ったり　にげたりする　隙はなかった
それでも　私は泳いでいた

水のうえに見えていた人が自動車が二階家が
あっというまに　見えなくなった
生きているものは　みな魚になりはじめていた
もう馬も人間も犬も家も自動車も
なにもなかった

ふりむいたとたんに
見えなくなった
家族を探して
人々は食器も着物も機械も船もごちゃごちゃに
なった泥路をさまよった
写真もトイレも畳も階段もテレビも市役所も
放射性物質もごちゃごちゃになって

うず高く積もっていた
一瞬のうちにのどかなやさしい街がゴミ溜になっていた

失った家族は泥だらけの写真のなかにしかいなかった

私はといえば流されていた
水は冷たく鎖は重く屋根瓦のうえから滑り落ち
海水を飲んで体中がひりひりしていた
私の毛はぐしょぐしょに濡れ　暗い海をさまよっていた
雪が降りはじめていた　ぶるぶる震えながら
私は声も出せなかった　犬だってなみだが流れる
あまりの苦痛のため　全身にナイフがささったようだ
一刻一刻と時が過ぎるのを待つしかなかった

朝がきておひさまが海の向こうから顔を出したときは
本当に嬉しかった　けれども直ぐ疲れて眠くなった
私は海のまんなかで　どこかへ流されていた
屋根瓦は滑りやすく　どこにも行けなかった
あの人は　どうしているだろう
あの人は無事だったのだろうか
昨日までは　私の頭を撫で　やさしく声をかけて
くれた人は　逃げられただろうか
ごはんを食べさせてくれた人は　どうなったか
心配で死にそうになった
ワンと鳴いてみた　私の声はなんと微かで
ひろい海ではちらちら光る波に消えてしまった
あの人が助かりますように　助かりますように

お祈りした　遠い星へ　見えない犬の星へ

序曲、月の光

家は水の底に沈み　箱船のように
流されていた　屋根瓦も崩れそうだった
私は黒い海の黒い波に揺すぶられ
どこまでも　どこまでも流されていった
月が雲から顔を出したり隠れたりしていた
水平線は見えなかったが
ちらちらちらちらと月の光が波間に

光の廊下をつくっていた
私は何者か？　犬か人間か牛か魚かなんて
どうでもよかった　やがて　私はこの
真っ黒な波に　呑み込まれてしまうだろう

何日も何日もおひさまと月に繰り返し出会ったが
船一艘も飛行機にも出会わなかった
もし出会ったとしても　私に気づくことはなかった
これほど孤独なことは一度もなかった　何千年も　何億年も
海はこうしてたゆたっていたのだろうか
海はいったい何をしているのだろうか
この黒い海、刃物のようにいま私を傷つけている
海はいつからここにあったのか？

月の光はやさしく私は思わずあの人を呼んでみた
元気ですか？　眠ってますか？
あなたがいないと私は生きてゆけません　私を
探してください　私は今日も一日あなたに会うために
生きています　こんなことが起きるとは思っても
みませんでしたね

テレビでは声を出してしゃべる犬が何匹もいますが
私もあなたとしゃべってみたいです

月の光はゆっくり　ゆっくり　私のなかに入ってきた
なにかずっと前にあった香り高い思い出のように
私はあの人に会う前どこにいたのだろう

私は私の母を覚えている
ひどくやさしく　とても怖い　私の母よ
昆布のように新鮮で　熱い乳が流れていた
私の母よ
私たちは母の六つのおっぱいを飲んだ　あの頃兄弟も
妹も一緒にいたような気がする
ころころころところがって遊んだ清涼な野原よ
私たちはどこで別れてしまったのだろう
こんなとき母も子どもたちもみんな一緒にいることが
できたら　どんなに心強いだろう
おかあさーん　私は母を呼んでみた
黒い大きな波が動き　ざわりと音がした
海の底に何か恐ろしい生き物がいるのだ

鮫だったら　どうするのか?
身の毛がよだつとはこのことだ

序曲、もし私が一本の薔薇の花だったら

三週間は二十一日　犬だって
それくらいのことはわかっている
死んだようになって　私は海をさまよっていた
もし私が一本の薔薇の花だったら
私は救出されることはなかったろう
私のはるか頭上で大きな羽がぐるぐる回り機械の鳥が
空中で停止していてひとりの男がロープを伝って

するする降りてくることはなかったろう
なんということだろう!　一瞬私は抱きあげられ空中に
釣りあげられ　天国に行ったかと思った
宇宙に行って置いてきぼりにされた犬や南極で生き延びた
太郎や次郎だって　あんなに驚かなかったろう!
私は漂流犬として救出されたのだ　ああ　ああ　ああ
一瞬私は何もなく泥だらけになった市街地を見た
信じられないことだ　もはやそこには街はなかった
家もなく道路もなくビルもなく学校もなく市役所もなく
電信柱もなく犬もなく牛もなく豚もいなかった
木もなく草もなく花もなく自転車もなく線路もなく船もなく
港もなく工場もなく大人も子どもも老人もいなかった

私はカメラのフラッシュを浴び　うるうるとした目に
なみだを浮かべ　誰かを見ようとして誰も見なかった
世界じゅうどこへ行ってもあの人はいないような気がして
私はがっかりした　私は四角いオリに入れられて
水とドッグフードのようなものをわずか口にした
一度私は犬猫病院に連れて行かれ
注射を一本打たれた

「大丈夫ですよ」獣医さんは言った
オリのなかで何日も何日も眠った
ずっと眠り続けて死んでしまいたいくらいだった
ドッグショップの主人はやさしく声をかけてくれたが

私はなにかが面倒だった　オリオン座とこと座の間の
狭い空間にある五十数個の星のひとつ
犬の星に帰りたかった　生命があるかどうかも
わからない地球外生命の可能性のある星のひとつに
もし私が一本の薔薇の花だったら
もっと強く　もっと忍耐強く　もっと賢く　もっと
うつくしく　大地にしがみついて　長く生きるだろう

しかし夢のなかから　あの人が私を呼ぶ声がした
バン　バン　ビッグバン
私は転がるようにまっすぐあの人のところに
走っていった　なんという喜び　なんという安堵
「一生かかって大事にします」とあの人は言った

それから
一秒　一秒　かたときも離れず私はあの人と生きている
他に何があるのだろう
あの人と私はずっと前から家族だったのだ
時々　あの人と私はそろそろと街を散歩することがある
街には何もない　水の恐ろしいひっかき傷の他は
晴れた日にはすぐ側に　逝ってしまった人が現れる
という人もいる
風が吹いている　遠く山のほうから
林のほうから　海のほうから
青い皺だらけの海は動いていて大きな悲しみを
私たちに譲り渡した　けれども　これからはこの悲しみとも
友だちのようにして　一緒に生きていくのだ

春のふるえ

春のふるえのなかで
恋人たちは抱き合う
ひとりでは生きて
ゆけないというように
春のふるえのなかで
花をおとすとすぐ
木は緑であふれ

川に沿って
わたしたちは自転車を走らせる

けれども母はヴァイオリンの
キィキィする音が嫌いだった
ヴィヴァルディの「四季」が
嫌いだったわけではない
ガラスをこするような
キィキィする音が嫌いだったのだ
父が仕事に出かけた後ＦＭ録音が終わった時
機械のボタンを押すのも嫌いだった

母は病院のベッドで死にかけていた

録音してきた坂本龍一の音楽を
イヤ・ホーンできくとひどく喜んだ
まるで　父と同じように
それから　恐ろしく長い間
川を渡っていくような
呼吸をして　亡くなった

世界の裏側

何人もの女たちがその写真を眺めていた
じっとその写真を眺めていると
誰かが呼んでいるような気がする
闇のように暗いその写真のなかに花が散ったり、水が流れたり、
動物が動いていた

わたしはこの間死んだばかりの母に

呼ばれているような気がした
母は向こうを向いていて
裸足でじゃぶじゃぶ水のなかを歩いていった
母は河内晩柑が好き

わたしに見えたのはとても深いダムの底に沈んだ家で
やすらっている父の姿　父はゆらゆら揺れていた
ここを去りたくない　いつまでも父を見ていたいと思う

かあちゃん　かあちゃん　と声がするので振り向くと
何とも愛らしいあひるがわたしのほうへ泳いできた
津波にさらわれた翔太の生まれ変わりだとすぐわかった
ああ　こんなふうに会えるのだから　生きていてよかった

河内晩柑の木はきらきら夜の雨にぬれている
花が好きでいたる所に花を植えていた父のことを
ニューヨークで思い出し　父をおぶって歩く夢をみた

母さんは死んでしまっても努力してピアノを弾いたり
海のうえを歩こうとしていた
母さん　もう何もしなくてもいいんだよ

わたしは井の頭線から銀河鉄道に乗り換えた
ところが夫は保険証が消えたと言った　わたしは銀河鉄道から
井の頭線に乗り換え保険証を見つけに帰った
夫は井の頭線から銀河鉄道に乗り換え　胸部血管大動脈に

カテーテルをいれなければならない
と医師から説明を聞いていた

グェ　グェとあひるは鳴いた　あひるの翔太は
あひるのお母さんの所へ行ってしまう
本当の母を残して　わたしはわたしは発狂する

世界の裏側で　女たちは誰にも言えないことを言おうとして
ぐるりぐるりとまわっている　なかなか脱出できない
一本の藕の糸のようなものが必要だ
その糸にすがりついて遂にこちら側に脱出し
地面にしっかりと足をつけることが必要だ

群青《ぐんじょう》くんと自転車に乗った白い花

毎日仮設住宅から母さんは歩いて行って
海に向かった
長いこと海の様子を眺めてから
おにぎりを一個ぽーんと投げてよこした
ぼくは海のなかで母さんにおはようと言う
それからおにぎりを受けとって
海のなかでむしゃむしゃ食べる

いつから母さんはぼくが海にいると
わかったのだろう
群青　さみしいよ　お前が
いないと生きた心地がしない　帰っておいで
帰っておいで
そんなこと言われても　ぼくは答えることも
できない　ぼくはもう帰れないんだよとか
言えなかった
腹へったあ　これは母さんに聞こえたらしい
次の日　おおきなにぎりめしをもってきた
海にちゃぽーんと落ちてきた
ああ　母さん　うまいよ　うまいよ
ぼくは母さんと泣き笑いした

いつのまにか　空っぽの空き地に草やタンポポが
生えていた
春なんだね　群青　それから
母さんはまた少し泣いた

寒かったり　暑かったりした　海が透きとおり
母さんの姿がゆらゆら揺れて見えた
ぼくだって母さんにこんなふうに見えるだろうか?
だけど見えなくってもかまわない
きれいに晴れた日に母さんのあとについて行った
何にもない学校も橋もバス停も何にもない
野菜店も郵便局も何にもない

ぼくの家はどこだったっけ
あすこの電信柱の下かなあ
母さんは石を置き
ぼくらの家のあったところに手を合わせた
じいちゃんも姉ちゃんもいない
仮設住宅にいるのかなあ
とぼとぼ歩く母さんは皺だらけになった
母さんの後に　ぼくはついて行った
小さな箱みたいな仮設の家に入った
おっ　ぼくの写真に母さんが手を合わせる
母さん　こんにちは
母さんはぼくを写真でしか見えないんだな

ぼくは海に帰ってきた　海から浜辺を見る
ときどき自転車に乗った女の子を見た
みゆきちゃんかと思ったけれど
花がよろよろと自転車をこいできただけだった
ぼくもみゆきちゃんも消えていく
ふたりで透明人間になるのかなあ

音楽

そこには初雪をはらいのけて
まだ咲いているチューリップがあった
海のみえる丘のうえに
そこには微かな苦悩と夢が入り交じった表情の男の
顔から始まった音楽がながれていた
緊張のダビデの彫像が音楽をきいていた
音楽が終わるとダビデは巨人ゴリアテを殺しに

行くだろう
彫像マリアは十字架からおろされた
息子イエスをみつめ気絶しそうになりながら
音楽をきいていた
ガザでは三人の子どもがジクサグにほうりだされ
血まみれになり死んでいた
そこではもう音楽がきこえなかった
ここでは私のそばで手術したり抗ガン剤を飲んだり
働いたりする夫がいて
それでも私は音楽をきいていた
フクシマの子どもたちは音楽をきいているだろうか?
半年近くも毎日音楽をきいていると
花も葉も失くなった木が一本生えているビルの向こうから

夫がようやくかえってきてガンが一応無くなったと言った
ガザでは何十人という子どもが殺され続け
詩人Kが叫んでいた
「どうか、これをやめさせてくれ！　私たちはつまりあなたとぼくは
どうしたらこれをとめられると思う？　どうか教えてほしい」
もしかしたら　音楽をきくように兵士たちにいえばいいと
言おうとしたが言えなかった
旧約聖書の国の人々は言葉を信ずるばかりではなく
音楽をきいて欲しかった
詩人Kは動物の詩を読んだ
人間ばかりではなく動物のために詩を書いたのだ
ユリは花がいっぱい積まれた船が静かに私のほうに
すべってくればいいと言った

花や動物や木が必要だった
そして詩は言葉と音楽でできていると思った
突然ガザで停戦合意がなされた
フクシマの子どもたちの健康状態はよくない
離れていてもフクシマの子どもたちと
一緒に音楽をききたい

LOST

ポーランドの若者たちが
創った音楽だった

初め小夜曲の美しい空気が流れていた
その途中で
突然　ガタガタガタと何かがぶつかり
ながら　揺れる音がした

ガタガタガタ　グラグラグラ
わたしはすぐ立ち上がり
台所の蛍光灯から下がっている
ヒモをみつめた

音楽なのか　地震なのか
わからなくなった
福島地震のとき　本がばらばら落ちた
戸棚から皿や茶碗が落ちた

何かにしっかりつかまらなければならない
その時テレビに映った家々が崩れかかった

もう我慢がならなかった
地震のとき　わたしたちは
蟻んこである
日本列島に一本の亀裂が走った
その大地のズレのなかで
人々は蟻んこのように右往左往逃げ回っている

音楽はいま小さなかけら
石のかけら
石のなかから水が飛びだす
石のなかから花が叫びだす
地震から音楽がもれだす

夕暮れまで夜まで寒さまで
一個一個のかけらから
雨がもれだす　魚がもれだす
木の葉がもれだす　いつからか

どんなに陰惨でも　不安でも　確かに
春はやってきた
わたしの掛け布団のうえにいっぱい蓮華の花が
咲きだした
しかし　こんな音楽　誰が聴くのだろう
しかし　ポーランドの若者たちは
これは地震の音楽ではないと言う
昔ナチスがポーランドに襲いかかったときの音楽だと言った

近頃では地震のことをまだ覚えているのに
地震があちこちで起こる

大地も人々も動物も苦しみながら
長い時間を過ごした
何もなくなった
家も家族も木も畑も街も
何もなくなった
公園の水も何もなくなった
大地も涙を流していた
何十日かたって公園に
きれいな水が戻ってきた

大地も人も涙を流して喜んだ
地震からもれだした音楽が
流れていった

竜巻

電話が鳴った
わたしたちが夢中になって話したのは
お互いに歯が無くなったことだ
ずっと通っていた歯医者さんが亡くなったので
友達は歯が無くなったと言った
わたしは夫が三度も手術したので心配で
歯が無くなった

急に三十年前に彼女と一緒に行ったパリの
歯医者さんを思い出した
行った路も思い出した
木がたくさん生えている通りを
のんびりとわたしたちは歩いていた
その歯医者さんの治療室にジャズのＣＤが
ずらりと並んでいてクラシックのＣＤが
たくさんあるよりはなぜか贅沢のような気がした
友達が口をあけてる間わたしは珈琲を
ご馳走になっていた
友達は珈琲をもらえなかった
あと三十分の間飲んだり食べたりしないように
と歯医者さんは言った

友達はこのことをすっかり忘れていたので
思い出して驚いた
友達が喜ぶのでなんにも出来ないけれど
こうしてお互いの忘れたことを埋めるために
友達が必要なのだと思った
この友達のことを小説に書こうと思ったが
彼女は小説より詩なのだと思った
それで眠っているうちに言葉が竜巻のように舞い上がり
わたしも無くなってしまいそうだった

小さな神の家

その小さな神の家は
私たちが引っ越してきた家の茶畑の隣にあった
初めの頃はその小さな神の家の赤い十字架のイルミネーションを見ると
三回も癌の手術をしている夫のことを考えて心強かった
しかし小さな神の家のイルミネーションは陰惨だった
私は自分の家族のことばかり心配していたけれど
隣の家の神はこの宇宙のすべてのことを心配して陰惨なのだろうか？

たしかにあなたは血と涙を流していた
隣の家の神は趣味が悪いのかも知れなかった
私はイルミネーションを鋸で
ガリガリ切ってしまいたかった

毎夜私はゴミを捨てに四階の玄関のドアを開けると
陰惨な赤い十字架が見え
私はその前にいつもテレビニュースを見ていた
そのニュースは毎日のように殺人があり女が殺されたり
子どもが殺されたり男や老人や老女が殺されたりしていた
高齢者の運転する車の事故があり死んでしまった人がいた
海でも川でも死者がでた　死んでしまった人たちは
どこにいったのだろう？

政府は説明もできない、自由がなくなる法律を沢山つくった
世界中の国の都市でも爆弾で一瞬のうちにガラクタになった
隣の国の大統領は裁判にかけられた
ベネズエラでは野菜が一袋一万円にもなった
私の家の隣の神もニュースを見ていて陰惨な気持ちなのだろうか？

神さま　私はあなたがたの誰も信じないと思っていたのに
私の夫が癌になったときには　あなたに祈った
あなただって忙しいのだ　それに責任がある
あなたのサインを見ると　世の中が陰惨な気がする
それともあなたは聖書から脱出し革命を起こして
組織から逃れ　アンチクリストになってしまったのかしら？

まあ　そこまではいかなくてもあなたのことも人間がつくったのだから
あなたがいないと困るときがあるから
あなたに話しかけるときがあるかも知れない
もし夫を助けてくれたのなら　ありがとう

ある朝ゴミを出しに下に降りていったら何とも美しい
夜明けのイルミネーションになっていた
子どもの血液みたいにきれいだった
あなただって夜明けには晴れ晴れとしているのだ

引っ越してきた家族のまわりで

秋がやってきて輝く雲の下の低い丘陵のような山々は細い窓辺を見つめていた。
《あのアパートには二組の家族が引っ越してきたよ。ここから見ると四階のアパートのキッチンで女と男と息子が石油ストーブに暖まり中華まんじゅうとリンゴとバナナと柿を次々に食べている。それから女と男は自転車で何処かへ出かけたよ》
樹々と電線はプルプル震えながら二階の窓で揺れている。
《どういうことだろう。人間ふたりが愛し合うということは、あんなに恐れおおいようでもあり、少しうらやましいようでもある。どういう気持ちか若い女と男に聞いてみたくもある》

雨は長いことため息をついて公園にも畑にも道路にも山々にも吹き荒れていた。
《人間たちはうんざりして僕を見る。五十年ぶりの大雨なんて大げさだよね。天の命令だからどうしようもない》
自転車はたくさんの影のなかでいう。
《なんといっても転ばないように乗ってほしい。特に年老いた女は何度も転んで膝小僧を傷だらけにした。足の骨を折ったら大変なんだよ》
白と黄色の花のお茶畑はいう。
《静かな緑の多い町なのだから、あまり騒がずに、引っ越してきた家族も前からの人々も静かに病気をしないで暮らしてほしい》
来年はいう。
《みんなは私らのことをいうと鬼が笑うというけれど、私らだって何かいいたい。つまり、来年は二階の若夫婦の家に赤ん坊がやってくる。めでたい。めでたい》

ゆめみるぼうや――子どもの絵本のために

ぼうや　きみが生まれたとき
公園のむこうで　ももの花がぱっとさいたのよ
水のなかのすきとおったくびかざりから
おたまじゃくしがとびだしたのよ
かあさん犬があかちゃん犬をくわえて
ひなたにつれだしたのよ

ぼうや　きみが生まれたとき
海がひかってね　あかるくなったの
とおいくにから　しらさぎがとんできてね
月夜のばんによつゆにぬれて
金いろの卵をうんだのよ

ぼうや　いま　どんなゆめをみているの?
おおきくなって　宇宙飛行士になって
宇宙でおたまじゃくしをかえしているのかな?
宇宙でももの花をさかせているのかな?
それとも宇宙船のまあるい窓から
だまって海がひかるのをみているのかな?

まだ　眠い

クレヨンの下の土のなかに
木の根がいっぱい生えている
土のなかに土の兄妹がいて
ひっそり　木の根を暖めている
それから　木が眠ると　木は細くのびて
太陽をふりむき　枝を長くのばす
木も眠っていうちに

葉っぱのなかに　鳥たちが帰ってきて
あちら　こちら　もっと遠い川や海を越えて
いっせいに　おしゃべりする
それから　ぴたりとやめる
木は鳥たちのホテルになる

まだ　眠い
まだ　まだ　眠い
男の子が木をだきしめにやってくると
木は大喜びで　頭のうえに花びらをふりまく
そして　木は眠りながら太く高くのび
百歳にもなる
しかし　老人は杖をついて木に会いにきて

幹に触る
やぁ　といい
やぁといい　人間も百歳になっていた
でも　亀は百八十五歳だからね
と笑う
まさかの　まさかだね
眠い　まだまだ眠い

壁の中の青い犬

ずいぶん長いあいだ　青い犬を
見たものはなかった　しかしいまは
壁の中にその犬はいた
だが　まだ見えなかった
その青い犬は空中に浮き上がっているように見え
七つの頭を次々にあげ　まるで
鳥が飛ぶように　炎の中をすすみ

自分自身から次々に生まれているのだった
驚くほど華奢で
その犬を見ると　ずっと昔
世界が幼く光り輝いていたことを思い出すのだった

けれども　誰も犬のことなど考えたこともなく
壁のそばで皿を動かしたり　新聞をひろげたり
いま何か言った？　と女が聞き
いや何も　と男が言い
何も知らないんだから　と大きな息子が笑ったりした

女が眠ると　子どもの頃育った土地が見え
林檎園のしたを川が流れていて

夕暮れはこおった炎だ
固く沈黙した木や
夜動く雲や
暗い畑に降りてきた光や
風が見えた　丘のうえに立つひとが灰色に
見えたが　神はいちども見たことがなかった
しかし　子どもの頃のようにはもう見えず
(子どもの頃はもっと巨きく見えたのだ
木はもっとかしこく　鳥はすばらしいマントを着ていた
星はもっと近く見え
石ころひとつにも見えた縞模様のことばが)
いまはすっかりちぢんでしまい
シーツにくるまって眠る女の肉体のように

すっかり小さく
しかし奥深く隅々まで見えるようになったことを
女は青い犬に話したかったに違いない
時間というものはちぢまるのかどうか

男は時折夜じゅう仕事をし
壁じゅう音楽だらけにした
壁の後ろでコンピューターをたたき
壁の隣で入浴したりした
ある夜　石油ストーブの青い炎を見ていると
耳を聾するばかりの犬の吠え声がして
壁が割れてしまった
そこは光の粒子とガラスでできた四角い戦場だった

七つの寺院と教会の異なった神々が炎の中で争い
一瞬のうちに
人びとが血まみれになって路上に投げ出されていた
人びとは腹がない　手がない　足がない
目玉が飛びでていた
頭が石榴のように割れていた
機関銃の音　砲弾の音　閃光
一夜にして吹き飛んだ都市
ほとんど人間の形骸をとどめずに蒸発した人々
肉が裂ける音　包帯の音
子どもが泣き叫ぶ声
物が燃える音　崩れる音
飛び出した内臓を手で押さえる音

イイカラモウ行ッテー
カァサン 火傷ノ蛆ガ動イテ　イタイヨー
ミズ　ミズヲクダサイー
助けもせず　手をさしのべず　過去を正すこともなく
いつも死骸が冷たい大地に呑み込まれるのを
冷然と見つめる世界　男はどうして
ぼくひとりが耐えられるかと青い犬に聞きたかったに違いない
青い犬を見ると男は
世界がいまだに残忍そのものであることを思い出した

大きな息子は宇宙が汗をかくかどうか知りたかった
宇宙船で仕事を終えた飛行士が刻々と近づく
地球の鼓動を聞いたかどうか青い犬に話したかったに違いない

星からもぼくが見えるかどうか

大きな息子は壁の中の青い犬が熱い舌を
だらりとたらし　時々彼をなめるのを知っていた
その青い犬のことを想うと
両親が小さく皺だらけになり
彼が歩くだろう熱い街の熱い息づかいが聞こえ
見知らぬ人々の声がトランペットのように
高らかに彼を呼ぶのを聞いた

けれども　彼は大きな手で
これから出て行く両親の古いマンションの
壁に触り

かすかにふるえるのをおさえることができなかった

そして静かな男は

去って行った　両親の家から少し離れた
桜並木のふたまたに分かれた通りを
自転車でかーるくすべり　関東ローム層の
野菜畑がひろがるあたり　少し不思議な色彩の
モダンな建築の家々ではなく　もっと向こう

けやき並木の公園の隣に雨が降り

かれは黒いけやき林に雨と光が降りそそぐのを
目覚めながら聴いていた　すると
かれの空はなんとひろかったろう

日曜日にはレインコートをふくらませて
風の中を犬が走るのを見た　泥んこやビニールハウスや
大地の皺や古い民家から野菜のような女がでてきて
かれに赤かぶを分けてくれた
かれは赤かぶをみそ汁に入れて食べた

日曜日には両親が恐る恐るやって来て
かれの安普請の私立探偵事務所のような部屋の
フライパンやパソコンや小さなストーブを眺めた

なんということ！　神やら泥んこやら風やら
雨やら光やらが昔ひとりの男を創ったように
少し不器用な、少し重い、ひどく静かな
見知らぬ男がそこに居た
かれと一緒に暮らした二十五年などなかったかのように

母親はどう考えても二つのことしか思い出さなかった
かれが一歳の時小さなお尻まるだしで海に用心深く近づいたこと
かれが十歳の時ボルゲーゼ美術館の
あの青白い衣のエロティックなキリストの絵の前で
あれがルーベンスよ　と囁くと
びっくりして水の入った壜を

美しい市松模様の床にカチャリと落としたことを

それから 光と雨と武蔵野市と光と雨と
土埃と輝くばかりの二十五年は
どこへ行ったのだろう

関東ローム層に春一番が吹き荒れて
何も見えなくなった　父と母はふたりそろって
大風邪をひき胃が痛くなった

グッドラック
おまえは雨の中で目覚める
光の中で目覚める　花の中で目覚める

静かな男として
おお　おまえが生まれるずっと以前から
髪の毛の中にちらと月桂樹の葉を隠した
ひとりの静かな見知らぬ男に母は会いたかったのだ

知らない町を歩いてみたい

とうかえでの細い木に小さな蟻が
無数にのぼったりおりたりしていた
蟻は何度ものぼったりおりたりした
蟻はとうかえでの甘い汁をなめたり運んだり
しているのだろうか？
ほんの少し感じるか感じないかの雨がふっているのに
蟻はのぼったりおりたりするのをやめなかった

バスはまだまだ来なかった
一時間に一本か二本のバスは
看護学校入口前のバス停に二分も遅れてやって来た
バスが来ると霧のなかに無限にひろがる
新しい町が始まった

お茶畑と教会と電気屋の向こうに
美しいさまざまな木が植えられている畑があった
この町に引っ越して来てから
わたしはしきりに「じゃがいもを喰う人々」の
ヴァン・ゴッホのことを思い出した
ゴッホはなんであんな風にたくさんの絵を

描いたのだろう　誰かを幸せにするためにと
言ったひとがいた

朝起きてわたしの部屋の窓から見ると
ゆっくりと横たわる低い山のような丘陵のようなものが
わたしをうけいれてくれるような気がした
あんなに低い緑の山々がまるで昼寝でもするように
横たわっていた

遠い国で生きているわたしの友達と話している
気にもなった
認知症にかかり　パリから少し離れた施設に入った友達と
話している気になった

わたしも彼女も少しぐらいさびしくても
生きてはいけないということはないだろう

冬の友達

冬には眠りの底まで友達を探しに行くことがある
眠りの底は土のなかのようだ　雪の降りつもる森の
枯葉にくるまって体温を下げ　ぴっくぴっく
髭を動かしながら　ひたすら冬眠するヤマネがいる

氷の底では目をぱっちり開けた氷姫に会えるだろう
海の底では火山の爆発によって流れ出た溶岩の熱で生きる

白い筒と赤い舌のチューブワームや白い蟹にも会えるだろう
けれども　わたしの友達は　いま世界の果てで

雪を踏みしめながら歩いているだろうか
風のなかで話し声がする　ここは北京の冬だ
さまざまな国の言葉がきこえる　重いキャスター付きの
鞄をひきずり　髪の毛からつららを垂らしながら

もう長く居すぎたとフランス人の女が言う
カナダの森からやって来た青年が最高のお茶を啜っている
時々　バスから降りると行き倒れになる旅行者もいる
去年の夏は四十度のパリで一万五千人の老人が死んだと言う

こうしてさまざまな国の人がさまざまな言葉を
もち歩くので　わたしの友達のフランス語の本のなかで
松尾芭蕉が杖をついて　ゆっくりゆっくり
歩いていたりする　ユミコの翻訳した詩のなかで

ヨシフ・ブロツキィは紫色の日没を描き
女優の濃いアイラインのようだと言った*
夜明けに夫婦で散歩する友達はいつも同じ木に話しかけるという
木は悲しみや喜びを　風や雪や太陽を受けて葉を動かしているのだろうか

まだ見ぬわたしの友達はどこにいるのだろう
その人に会えたら動いている灯台の光のようにわかるだろうか
それともいまわたしを暖めている目覚めの太陽の光のように

はっきりとわかるだろうか

＊ヨシフ・ブロツキィの詩「マルチェロの家の前で」（山本楡美子 訳）より

どろんこ天使

一月の曇り空からどろんこ天使がどすんと
降りてくる　我が家のビルの屋上に
裸足でそっと　チョコレートの箱を持ち出し
じゃがいものバタ焼きをほおばったりする

ひどい寒さのあと　雪になるかと思えば
雨になって　白い虚しい雨を眺める

コンピューター室には　明かりがぽっとつき
草の花が咲き　ぽいと指でパソコンを押し
立ちあがり　フィットネスクラブのように
動かない自転車に乗ってどろんこ天使は
どこかへ行く　大雪の村の閉じこめられた
老人の家へ　砂漠の核開発計画の国へ
なぜだ？

どろんこ天使よ　わたしは今年
ムートンの敷布にくるまって眠るので
冷え性にはなっていないみたい

どろんこ天使よ　地上にはまだ花が咲かない

もし良かったら　ここでもう少し居眠りしていって
詩人の家はいつも金欠病だから
たいしたものはないけれど
一緒に湯豆腐やおいしい葱のすき焼きを
食べていって欲しい

それから考えて欲しい
世界中に核兵器が拡散してしまわないように
するためには　どうすればいいか？
大雪の屋根の家の老人たちは
どうすればいいだろう？

どろんこ天使よ　灯油代はすごくあがるので

遠赤外線ストーブにしました

仕事——神秘な、そして神秘なエジプトの書記像へ

あなたが膝のうえのパピルスに葦のペンでひと言刻むと
たちまち大空は乳を流しナイルは静かに流れだしたのでしょうか?
牛とひとは穀物を運び　影は犬の耳をぴんと立たせ
魚も鳥も空中に青い線を描き　枯葉の下で死者はつぶやき
エジプトの白い永遠が始まったのでしょうか?
あなたのペンは洪水や旱魃や戦いや飢えも刻んだのでしょうか?

ルーブルのひんやりした石室でわたしがあなたに出会ったとき
あなたは言葉というものを初めて覚えたばかりの
幸福な二つの目でわたしを見つめていました
あなたの二つの目は様々なものを驚愕しながら受容する二つの宇宙でした
あなたこそ最初の詩人のようにわたしには思えたのです

いま　わたしは雲と建物の間に暁の光線が入るのを見ました
わたしたちは小鳥みたいに音楽の木にとまり　パンとチーズを啄みました
今日一日あなたがわたしに時間の知恵の雫を滴らせてくれますように

鐘

空の奥の奥の方で　わたしの眠りのなかで
突然　鐘が鳴っていた　まぶたの裏に
光のようなものが射し　わたしは目が覚めた
裸足でベッドから飛び降り　わたしは
緑色のよろい戸を外側に開けようとした

信じられないことに　わたしは南仏の古い館に居て

窓から手が届きそうな場所にある教会の礼拝堂のうえの
ちいさな鐘が鳴っていた
雨が降っていた
ひりひりする痛みのようにわたしは鐘の音をきいていた
あんなにあなたは鐘の音をききたがっていたのだから
わたしは鳴り響いているそのあどけない音を
銀紙に包んで東京に持って帰り
そっとあなたにきいてもらいたかった

どこでどう間違えてしまったのか
あるイロニーがわたしたちを傷つけていた
あなたは詩の道を歩こうとしていつのまにか自立の道を歩いていた
わたしは自立しようとしていつのまにか詩の道を歩いていた

どちらもひりひりするほど苦しかったので
わたしたちはお互いに理解し合えずいら立っていたのです

わたしにとって
詩の道はそれほど輝かしい道でもなく　そして
あなたはひとりで立つことは苦しすぎると思ったのです
全く不思議な場所に
峡谷のうえの　巨岩のうえに
ローマ人たちが建てた朽ち果てた城と　教会があり
雨あがりの空に　重い雲が垂れこめていた

そしていつも夜明けだった
わたしたち旅行者が木々の間に　白い靄のような

さんざしを見つけたのも
そのとき未知の手がわたしの体をたたいていた
そのときひりひりした苦しみが歓喜のおののきに変わっていった

鐘の音は古代の人びとの夢のなかでいつも
誕生へ　起源へ　向かっていたのだ
人びとが鋳型をたたき割り　その可憐な鐘を
きれいな赤ン坊のように取りだしたとき
千の夜明けが　千の色彩を放ち
この丘に降りそそいだのだ

ヨーロッパでいつも学ぶことはね
女たちも成熟すること

長い自己との闘いのあと　お互いに取りかえがきかない存在なのだから
ついに許し合うことを覚えることです

あなたもわたしも　古い鋳型をたたき割り
自分の鐘を　東京の空に鳴らさなくちゃね
ほら　きこえるでしょ？

■著者略歴

鈴木ユリイカ

1941年岐阜県生まれ、東京在住。3歳から6歳までを台湾で、その後18歳までを青森県で暮らす。明治大学仏文科卒。1983年に創刊された「現代詩ラ・メール」に投稿、翌年第1回ラ・メール新人賞受賞。詩集に『MOBILE・愛』(1986年・第36回H氏賞)、『海のヴァイオリンがきこえる』(1988年・第3回詩歌文学館賞)、『ビルディングを運ぶ女たち』(1991年)、『現代詩文庫　鈴木ユリイカ詩集』(2015年)がある(いずれも思潮社刊)。『サイードから風が吹いてくると』『私を夢だと思ってください』(いずれも2020年　書肆侃侃房刊)。絵本に『おしょうがつさん』(世界文化社)、『たんぽぽのたねとんだ』(福音館書店)など。
責任編集を務める詩誌「something」(2005年創刊・年2回　書肆侃侃房刊)は2020年6月で31号となった。

詩集　群青くんと自転車に乗った白い花

二〇二〇年十月三十一日　第一刷発行

著者　鈴木ユリイカ
発行者　田島安江
発行所　株式会社 書肆侃侃房（しょしかんかんぼう）
〒810-0041
福岡市中央区大名2-8-18-501
TEL：092-735-2802
FAX：092-735-2792
http://www.kankanbou.com　info@kankanbou.com

編集　サムシングプレス　田島安江・棚沢永子
装丁　成原亜美
DTP　黒木留実
印刷・製本　モリモト印刷株式会社

ISBN978-4-86385-413-0　C0092